Karl Hienzen

Mord und Freiheit

Anatiposi

Karl Hienzen

Mord und Freiheit

Unveränderter Nachdruck der Originalausgabe von 1853.

1. Auflage 2023 | ISBN: 978-3-38205-210-2

Anatiposi Verlag ist ein Imprint der Outlook Verlagsgesellschaft mbH.

Verlag: Outlook Verlag GmbH, Zeilweg 44, 60439 Frankfurt, Deutschland
Vertretungsberechtigt: E. Roepke, Zeilweg 44, 60439 Frankfurt, Deutschland
Druck: Books on Demand GmbH, In de Tarpen 42, 22848 Norderstedt, Deutschland

eine Armee unschuldiger Ratten zu vergiften.
Gesetzt, die Schweizer in Neapel oder die
Oesterreicher in Mailand stürben eines Tages
sämmtlich durch Brunnenvergiftung oder
Sprengung der Kasernen, würden nicht
sämmtliche honnete Revolutionäre darüber
lamentiren, daß sie nicht durch Kanonenku-
geln umgekommen?

Meine Herren, die Physik und Chemie
kann für die Revolution wichtiger werden,
als Ihre ganze Ritterlichkeit und Kriegswis-
senschaft. Könnten wir mit Gift und Feuer
die Ritter und Generäle überflüssig machen,
so hätten wir den doppelten Vortheil, daß
wir uns mit einem Mal nicht bloß der Reaktion entledigten, sondern auch des von ihr
gegründeten Soldatenthums, das aber die
„Ritter und Helden der Freiheit" aus bloßer
Liebhaberei an der bunten Romantik noch
beibehalten würden, wenn es auch nie mehr
einen Feind damit zu bekämpfen gäbe. Wenn
wir wahrnehmen, wie wenig sich gewisse Revolutionaire angelegen sein lassen, die Armeen zu korrumpiren — die nöthigste Thä-
tigkeit, wozu sie im Stande sind —, so sollte
man fast auf die Vermuthung kommen, sie
fürchteten dadurch das glorreiche Soldaten-
thum auch für sich prinzipiell zu untergraben.

Vorbemerkung.

Diese Brochüre ist, nach Form und Inhalt, eigens für die Verbreitung nach Teutschland u. s. w. berechnet. Thue Jeder, der kann, das Seinige, um sie an geeignete Adressen zu befördern, an die Majestäten sowohl wie an die Revolutionaire. Sie ist bei ihrem revolutionairen Format* in Briefen, in Kleidern, in Paketen, in Waarenballen, kurz auf alle Art leicht zu verbreiten und die „geschlossene preußische Post", dieß preußisch-republikanische PolizeiInstitut, wird sich ein Gewissen daraus machen, wenigstens die für Se. Maj. und Dero Polizeiministerium bestimmten Exemplare unerbrochen von New-York u. s. w. nach Berlin zu befördern. Es wird „herzstärkend" für unsern alten Landesvater sein, wahrzunehmen, wie sehr sich seine ausgewanderten Unterthanen noch für sein und seiner Kollegen künftiges Schicksal interessiren, und eine amerikanische Interventionspolitik mittelst derartiger Brochüren wird wirksamer sein, als alle Renommagen der „demokratischen" Partei. Auch mögen sich dadurch die allmächtigen Herrn von Europa überzeugen lassen, daß sie ihre Feinde nicht los werden, wenn es ihnen gelingen sollte, die Flüchtlinge aus England zu vertreiben. — Uebrigens versteht es sich von selbst, daß sämmtlichen Druckereien Europa's der Nachdruck dieser Brochüre gestattet ist.

---

* Mittelst kleinerer Lettern (die Hr. Kinkel anschaffen könnte) hätte sich der Umfang der Brochüre auf die Hälfte reduziren lassen.

Bei biefer Gelegenheit noch ein Wort an die Revolutionsfreunde in Betreff des Herrn G. Kinkel. Das am wenigsten schlechte Gedicht, das dieser Herr gemacht, war jedenfalls die „Nationalanleihe", die er in Amerika zusammengedichtet hat. Es ist daher zu bescheiden, daß er sie nicht für den usus publicus verwendet, sondern bloß für sich und seine „nähern Freunde" reservirt. Nachdem er mit seiner Tafelrunde gegen 3,000 Dollar davon verreis't und verkinkelt, hat er von Rest von 5,000 D. auf der Londoner Bank „verzinglich deponirt". Jetzt kennen wir also das Geheimniß, woburch dieser Tyrannenvernichter „die Revolution vorbereitet". Allerdings ein eben so neues wie wirksames Mittel. Nur würden Diejenigen, welche in Amerika für die „Vorbereitung der Revolution" badurch wirken wollten, daß sie ihr Geld von einem „großen Mann" auf Zinsen legen ließen, besser gethan haben, es diesseit des Meeres zu lassen, da es hier mindestens 7 Prozent trägt, während der Zinsfuß der Londoner Bank nur die Hälfte erreicht.

Das Geheimniß, warum der schamlose Gaukler trotz seinen 5,000 Nationalthalern nichts Andres für die Revolution thut als sie lächerlich machen, ist einfach dieß: er kann nichts. Das „Häuflein tapfrer Männer", womit der poetische Professor von London aus die teutsche Republik erobern wollte, existirt selbst in seiner Phantasie nicht mehr; die Brochüren aber, woburch er seiner heiligen Schaar von kommunistischen Literaten und Lieutenants geistig die Bahn brechen wollte, werden nicht geschrieben von Leuten, denen die Gedanken eben so fehlen wie der Charakter. Revolutionaire Pamphletisten macht man eben nicht aus Korrespondenten der ‚Augsb. Allg. Zeit.‘, des Organs der teutschen Despoten, und der ‚New-York. Staats-Zeit.‘, des Organs der teutschen Sklavenhalter. Eben so wenig macht man revolutionaire Führer aus haltlosen Zufallsmenschen, die mit Monarchisten und Kommunisten, Slavenhaltern und Abolitionisten, Muckern und Freigeistern gleichzeitig Partei zu spielen suchen, je nachdem sich dieselben für irgend eine kleine Spekulation augenblicklich benutzen lassen.

Jeder der 5000 Dollar, die Hr. Kinkel in London deponirt hat, könnte eine Brandrakete in dem reaktionairen Laboratorium Europa's werden. Es ist eine schwere Versündigung, mit den kärglichen Mitteln der revolutionairen Partei nur die Unfähigkeit, die Unthätigkeit und den Humbug auszurüsten. Man fodre Hrn. Kinkel auf, entweder die zusammen g e l o g e n e n Gelder zurückzugeben, oder sie für den Zweck zu verwenden, für den sie gesammelt sind, nämlich für die ‚Vorbereitung der Revolution‘. Kann er selbst die hierzu nöthigen Schriften nicht schreiben, der Unterzeichnete und Andere werden sie ihm liefern. Ein einziges revolutionaires Pamphlet, dessen Inhalt in das Blut des Volkes übergeht, ist den Despoten furchtbarer als alle ‚tapfere Männer‘ diesseit des Kanals. Tapfere Gedanken von Außen wecken tapfere Männer da Drinnen. Den Säbel führen kann jede Faust, die Feder führen können nur Wenige und sie frei führen können nur die freien Geister der Emigration.

New-York, Mai 1853.   K. H.

Es giebt verschiedene Kunstausdrücke für
die wichtige Manipulation, wodurch der eine
Mensch das Leben des andern vernichtet. Man
nennt sie: tödten, umbringen, morden, erschießen, erschlagen, vergiften, aus der Welt schaffen, nach Cayenne deportiren, an die Seite
schaffen, enthaupten, stranguliren, niederma-
chen, über die Klinge springen lassen, füstliren,
lebenslänglich einsperren, hinrichten u. s. w.
Die Mittel, die Vorwände und die Ursachen
sind verschieden, der Zweck ist immer der nämliche: Vernichtung eines feindlichen oder hin-
derlichen Lebens. Auf dem Standpunkte des
Rechts und der Humanität ist jede Vernichtung eines fremden Lebens ein Unrecht und eine
Barbarei, mag sie auf dem Schaffot oder in
der Schlacht, in der Mordschlucht oder auf
dem Duellplatz, im Gefängniß oder auf der
Straße stattfinden. Die Sprache der Humanität kann sich daher auch nicht einlassen auf die
subtilen Unterscheidungen, wodurch die herrschende Barbarei auf der einen Seite für er-
laubte Tödtung ausgibt, was sie auf der andern als strafwürdigen Mord verdammt. Die
Humanität muß das Tödten absolut verdammen, da sie jeden feindlichen Konflikt der Menschen vor das Tribunal der Vernunft ver-
weis't, statt vor das Tribunal der Gewalt, und

sie ist daher konsequent, wenn sie j e d e freiwillige Vernichtung eines fremden Menschenlebens mit dem üblichen Verdammungsausdruck als M o r d bezeichnet; sie kann nur darauf bedacht sein, den Mord überhaupt abzuschaffen, und so lange zu diesem Zweck der Mord selbst das nöthige Mittel ist, greift die Humanität nothgedrungen ebenfalls zur Waffe und wird zur Mörderinn der Mörder. Ist der Mord irgend einem Menschen erlaubt, so ist er auch Allen erlaubt, namentlich aber Denen, welche ihn zur Vernichtung der Mörder von Profession oder von Gottes Gnaden praktiziren.

 Es wäre verstandlose Schwäche, die ungeheure Thatsache, daß das Hauptmittel der geschichtlichen Entwickelung der Mord, und zwar der Mord in der kolossalsten Gestalt, gewesen ist und noch immer ist, durch sentimentale Klagen zu verhüllen. Sie muß mit kaltem Verstande anerkannt, in voller Nacktheit hingestellt und mit den nöthigen Konsequenzen versehen werden. Die Hälfte der Weltgeschichte ist Mordgeschichte. Jedes ihrer Blätter hat blutige Zeilen, und wenn wir die Kämpfe der Menschen mit denen der Thiere vergleichen, so können wir ganz füglich die Weltgeschichte als eine Fortsetzung der Naturgeschichte behandeln. Der Hauptunterschied zwischen der menschlichen und der thierischen Mordgeschichte besteht darin, daß die Menschen, wenigstens so weit sie sich „zivilisirt" nennen, sich bloß zu dem Zwecke morden, einander aus dem Wege zu schaffen, die Thiere dagegen zu dem Zwecke, einander zu fressen. Dem Thier ist der gemordete zugleich errungene Beute, dem Menschen ist er bloß ein entferntes Hinderniß. Das Thier m u ß morden und wird es stets müssen, wenn es leben will; der Mensch mordet freiwillig, so lang er Thier ist oder den andern als Thier behandelt.

Sie wenden ein, Herr Kriminal-Justiziarius, der Mensch zeichne sich vor dem Thiere dadurch aus, daß er den Mord zur Sühne mache für Verbrechen gegen den Nebenmenschen oder für „hochverrätherische Attentate", daß er ihn gleichsam heilige als „T o d e s - s t r a f e". Aber nicht einmal diese traurige Satisfaktion kann ich Ihnen zugestehen, denn es gibt Gesellschaftsthiere (z. B., so viel ich mich erinnere, die Kraniche), welche ihre Kapitalverbrecher haben wie wir und an denselben die „Todesstrafe" in optima forma und sogar in corpore vollziehen. Auch werden Sie wissen, daß die Bienen die Drohnen ermorden, welche im Bienenstaat ungefähr Das sind, was die Hofleute, Offiziere und sonstige Müßiggänger im preußischen.

Sie dagegen, Herr Lieutenant, sind der Meinung, der reguläre Krieg sei etwas spezifisch Menschliches und es gebe keine Thiere, die armeenweise morden. Auch das kann ich nicht zugeben; ich kann Ihnen höchstens den Stolz lassen, daß die Thiere keine Kriegsartikel, keine Exerzizien und keine Paraden haben, während sie dagegen die gleichmäßigsten Uniformen tragen. Lesen Sie in Oken's Naturgeschichte die interessante Beschreibung der Schlachten, welche sich die Ameisen mit Armeen liefern, die fast so zahlreich sind wie die preußische und russische. Sie werden das Feldherrntalent dieser kleinen Wütheriche bewundern und bedauern, daß sie nicht groß und intelligent genug sind, um Sie oder den großen Wrangel zum Generalissimus zu machen.

Herr Justiziarius und Herr Lieutenant, der einzige Mord, den der Mensch vor dem Thiere voraus hat, und zugleich—neben dem Mord aus Nothwehr—der einzig vernünftige und rechtliche, ist der sogenannte „Selbstmord". Das Leben des Menschen gehört nur ihm selbst und nur er selbst darf es vernichten. Das ist nicht bloß sein Recht, sondern es kann auch seine Größe sein. Wenn eine unabwendbare Schande, welche seinen Charakter tödten, oder ein unabänderliches Unglück, welches den Werth seines Lebens aufheben müßte, den Menschen bedroht, so ist er nicht zu tadeln, wenn er kaltblütig seinem Leben ein Ende macht. Die Rolle der Niobe paßt nicht zu jeder Hoffnungslosigkeit und eine männliche Niobe wäre vollends eine Abgeschmacktheit. Kleopatra, troß der Königinn und der Brudermörderinn, ein größeres Weib, als wofür sie zu gelten pflegt, setzte sich eine Natter an die Brust, um nicht von Octavian zum Schaustück seines Triumphzugs herab gewürdigt zu werden. Cato der Jüngere durchbohrte sich mit dem Schwert, weil er nach dem Siege Cäsars nicht mehr leben konnte, „ohne seinen Grundsätzen untreu zu werden". Brutus und Cassius, die „letzten Römer", machten ihrem Leben ein Ende, weil die Schlacht bei Philippi der republikanischen Sache ein Ende gemacht hatte. Als Cäcinna Pätus, wegen Verschwörung gegen Claudius verfolgt, keinen andern Ausweg mehr hatte, als den Tod, stieß sein treues Weib Arria sich den Dolch in die Brust und reichte ihn dem Gatten mit den berühmten Worten hin: „Pätus, es schmerzt nicht". Robespierre versuchte sich zu erschießen, als ihm nach seiner zweiten Gefangennehmung der Tod durch die Guillotine der Gemäßigten bevorstand. Die vierzehn Deputirten des Konvents, welche im Jahre 95 mit dem Volke „Brod und die Konstitution von 93" zurückverlangten und dafür zum Tode verurtheilt wurden, erstachen sich mit einem und demselben Messer unter dem Ruf: „Es lebe die Republik!" Der ungarische Revolutionair May tödtete sich im Gefängniß auf die schmerzhafteste Weise durch Selbstverbrennung, um der Inquisitionstortnr seiner Feinde zu entgehen.

Sehen Sie, Herr Justiziarius und Herr Lieutenant, dieß sind Beispiele des — neben dem Mord aus Nothwehr — einzig erlaubten und rechtlichen „Mords". Wenn Mazzini nach dem Mailänder Aufstande den österreichischen Henkern in die Hände gefallen wäre, er würde sicher von dem Gift Gebrauch gemacht haben, das er allem Vermuthen nach für solche Fälle bei sich führt. Hätten Sie ihn getadelt? Hätten Sie sich an seiner Stelle von den Unterhenkern Radetzky's auf die Folter spannen und den Strick um den Hals legen lassen? Seien Sie gerecht und ich will es gegen Sie sein: ich will den Selbstmord nicht als revolutionaires Privilegium in Anspruch nehmen, wie Sie den Mord Anderer als reaktionaires Privilegium, ich will daher Ihnen das Recht nicht bestreiten, beim Beginn der Revolution eigenhändig Ihrer elenden Existenz ein Ende zu machen. Ja ich will sogar Ihren hohen Herren das Recht zuerkennen, sich, wie Nero, durch Selbstmord vor dem Laternenpfal zu retten oder, wie Sardanapal, mit ihren Maitressen und Knechten in ihren Palästen sich zu verbrennen.

Das große, mit Blut kolorirte Bild, das wir Geschichte nennen, zeigt uns den Mord unter tausend Gestalten und die Mörder unter tausend Namen. Bald heißt er Krieg und die Mörder nennt man Helden; bald heißt er Empörung und die Mörder nennt man Volk; bald heißt er Meuchelmord und die Mörder nennt man Banditen ꝛc. Er kommt immer auf das nämliche einfache Ziel hinaus, nämlich Unschädlichmachung eines Gegners durch Menschenvernichtung; aber er findet nach Motiv und Umständen eine verschiedene Beurtheilung, die in der Regel völlig verkehrt und unfrei ist. Die Grundsätze der Gerechtigkeit bleiben in der Geschichte unverändert; aber ihre A n e r k e n u u n g ist nur dem freien Urtheil möglich, weshalb sie mitunter lange Zeiträume hindurch völlig verdunkelt sind. Das Urtheil der Menschen ist in der Regel erdrückt

durch die herrschende Thatsache, so
daß sie sogar den herrschenden Mord troß aller Ungerechtigkeit anerkennen, während sie den
besiegten troß allem Recht verdammen. Um
über den Mord ins Reine zu kommen, um die
praktischen Anhaltspunkte zur richtigen Beurtheilung desselben zu finden, lassen wir zunächst
aus dem großen geschichtlichen Blutgemälde
einzelne Bilder an unserm Blick vorübergehen.

Die erste Art des Mordes mögte ich den
Zerstörungsmord nennen, den Mord
aus roher Vernichtungswuth. Bei der Zerstörung Jerusalems durch die Römer wurden
eine Million Juden ermordet. Bei der Zerstörung Karthago's durch dieselben Helden
blieben von 700,000 Einwohnern 50,000
übrig. Die Spanier u. s. w. haben in Amerika Millionen Menschen geschlachtet, ohne
Noth und ohne vernünftigen Zweck. Und wie-
viel Millionen jener Unglücklichen, die man
Sklaven nennt, wurden im Alterthum wie in
unsern Zeiten viehisch hingemordet in den
Schiffsräumen, in den Plantagen und in den
Kerkern!

Fast eben so mörderisch, wie die Zerstö-
rungskämpfe, waren mitunter die sog. Feld-
schlachten. In der Schlacht bei Cannä
sollen 60,000 Römer getödtet worden sein.

In der Schlacht bei Chalons, wo Aëlius den
Attila besiegte, fielen 106,000 Mann. So
zählt jeder „Held" in den Tausenden von
Schlachten, wovon die Geschichte wimmelt,
seine Mordthaten nach Tausenden und Hun-
derttausenden auf. Die Völker, die „Soldaten", sind dabei in der Regel nichts als Hetzhunde und Kanonenfutter. „Wollt ihr Hunde
denn ewig leben?" schrie Friedrich der
„Große" seine Unterthanen an, als sie vor
dem Feinde stutzig wurden. Nur millionen-
weise lassen sich die Leichen summiren, mit
welchen die „großen Männer" der Geschichte,
von Alexander bis Napoleon, das Feld ihrer
Lorbeeren düngten. Napoleon allein hat mehrere Millionen Menschen unter dem Namen
von „Soldaten" in das Reich der Todten befördert, um Herr der Ueberlebenden zu sein.

Massenhaft, wie gewöhnlich die Dummheit
ist, waren auch die Opfer, welche der
D u m m h e i t s m o r d gefordert hat, der
Mord, den die Menschen völkerweise für ihre
menschlichen und übermenschlichen Götzen ver-
übt haben. Es sind in der Geschichte vielleicht
mehr Unterthanen gefallen als Soldaten und
mehr Gläubige als Barbaren. Die Kreuz-
züge nach dem „Grab des Erlösers" waren
nichts als Leichenzüge von mehreren Millio

nen Gläubigen nach ihrem e i g n e n Grabe. Der dreißigjährige Krieg, der Krieg, in welchem unsere Vorfahren sich dreißig Jahre lang um die Ehre der größten Dummheit stritten, hat Teutschland um etwa vier Millionen Menschen ärmer gemacht.

An den Dummheitsmord, den Mord der Unterthanen und der Gläubigen, schließt sich füglich an der Mord durch w e l t l i c h e und g e i s t l i c h e Tyrannen. Schweigen wir von den Millionen Opfern, welche der Tyrannenwuth e i n z e l n gefallen sind, und halten wir uns an Exekutionen in Masse. Nach dem endlichen Sieg des Crassus über die Sklaven unter Spartacus wurden 6000 derselben an eine doppelte Reihe von Kreuzen geschlagen, welche die Straße von Rom bis nach Capua zierten. Trajan ließ nach seinem Sieg über die Dacier im Circus zu Rom 10,000 Sklaven als Gladiatoren auftreten und mit 11,000 wilden Thieren kämpfen, d. h. er ließ zum bloßen Vergnügen eine Armee von Menschen und eine Armee von Bestien einander morden. Potemkin ließ 30,000 Tartaren (Männer, Weiber und Kinder) einfangen und niedermetzeln, weil sie der Kaiserinn Katharina nicht hatten „huldigen" wollen. Alba hat in den Niederlanden 18,000

Menschen „hinrichten" laſſen. Karl der „Große" rottete beinahe das ganze Sachſenvolk aus,
um es — zu bekehren. Die „Chriſten" ermordeten mehrere 100,000 Albigenſer; allein in
der Stadt Bezieres wurden 60,000 derſelben
niedergemacht. Mittelſt der Inquiſition mordeten die Pfaffen mit kaltem Blute Hundert-
tauſende. Auf der Pariſer Bluthochzeit, wegen welcher der geſalbte Obermörder in Rom,
der Papſt, ein Jubeljahr ausſchrieb, wurden
30,000 Proteſtanten ermordet. In den
Bauernkriegen wurden 150,000 Bauern ermordet. U. ſ. w. u. ſ. w.

Wenn wir das Mordregiſter der Geſchichte
durchgehen, finden wir die meiſten Mordthaten auf der Rechnung des Chriſtenthums, der
„Religion der Liebe". Im Namen des Chriſtenthums ſind vielleicht mehr Menſchen in
„jene Welt" befördert worden, als es auf
dieſer noch gläubige Chriſten gibt, ſo daß Chri-
ſtus allerdings eine bewundernswerthe Vor-
ausſicht bekundete, als er ſagte: „mein Reich
iſt nicht von dieſer Welt". Er hätte füglich
ſagen können: mein Reich iſt der K i r c h h o f.

Von der Geſammtzahl der Menſchen dieſer
Erde, die man auf tauſend Millionen veran-
ſchlagt, ſtirbt jede Sekunde einer, und es iſt
eine billige Annahme, daß in den fünf Welt-

theilen mindestens jede Minute einer gemordet wird. Das macht auf jeden Tag 1440, oder in runder Summe 1500, also auf jedes Jahr 547,500 oder in runder Summe 550,000 Mordthaten. Wenn wir nun auch bei der Rückrechnung in die Vergangenheit die Zahl der Menschen immer geringer annehmen müssen, so finden wir dagegen gleichzeitig die Rohheit immer größer, so daß wir füglich für die ganze Zeitrechnung der Geschichte 500,000 Gemordete auf das Jahr annehmen können. Das macht auf bloß 4,000 Jahre die ansehnliche Summe von 2,000,000,000, sage zwei tausend Millionen Mordthaten, durch welche sich die „Ebenbilder Gottes" einander aus der Welt geschafft haben. Denken wir uns die Pfaffen, die Aristokraten und die Fürsten weg, so schmilzt diese Zahl auf eine unbedeutende Reihe von Einzelmorden zusammen.

Es würde ein Werk von haarsträubender Langweiligkeit sein, die vorhin aufgerechnete Summe in ihren einzelnen Zahlen durch die Geschichte aller Kriege, Schlachten, Völkerzüge, Eroberungen, Unterdrückungen, Erekutionen, kurz aller Mördereien und Mordexpeditionen hindurch nachzuweisen. Ich habe mich daher auf diejenigen hervorragenden Beispiele beschränkt, welche mir bei einem flüchti-

gen Ueberblick über die Geschichte gerade in
die Feder fielen. Einen guten Theil haben
auch die millionenfachen Morde durch Elend,
Noth und Verwahrlosung.beigetragen, welche
aber in letzter Instanz immer wieder auf die
Rechnung der Hauptmörder oder Morddiri-
genten und Mordurheber, der Fürsten,
Pfaffen und Aristokraten kommen. Jedes
Hungertuch, an dem die Verhungernden na-
gen, ist gemacht aus dem Leichentuch ihrer
Vorfahren und auf jedem Leichentuch der Geschichte steht ein fürstlicher, raubritterlicher
oder pfäffischer Stempel.

Fast nicht der Rede werth ist dagegen das
Mordkontingent, welches die Gegner der Für=
sten, Aristokraten und Pfaffen, die Vertreter
des Rechts und der Wahrheit, geliefert haben.
Die Revolution hat höchstens einen einzigen
Mord auf funfzigtausend Morde der Reaktion
begangen. In dem Aufstand, den Mithrida-
tes in Kleinasien erregte, sollen 150,000 Römer gefallen sein. Dieß ist das großartigste
Beispiel einer gerechten Revanche, dessen ich
mich entsinne, aber es war ein König nöthig,
um es zu veranlassen, und im Vergleich zu
den kolossalen Barbareien der Römer hat es
dennoch keine Bedeutung. In dem Kriege mit
Spartacus sollen mehr Römer gefallen sein

als in den punischen Kriegen; aber wenn sie
a l l e gefallen wären, hätte dennoch dieß Loos
ihre Schuld nicht zur Hälfte aufgewogen. Was
bedeuten ferner die Paartausend Hinrichtun-
gen der französischen Revolution im Vergleich
mit den Millionen Mordthaten der jahrhun-
dertalten Reaktionswirthschaft, welche jene
Volksexplosion herbeiführte? Man erinnere
sich u. A., daß beim Ausbruch jener Revolution mehrere Millionen Opfer der Despoten
und Pfaffen die Kerker Europa's füllten. Was
bedeuten die Dolchstiche des Harmodios und
des Brutus oder der Schuß des Tell, oder die
Versuche des Fieschi und Alibaud im Vergleich zu den zahllosen Mordthaten, wodurch
die Tyrannen auf alle erdenkliche Weise ihre
Gegner aus der Welt schafften? Was bedeu-
tet der Messerstoß des braven Ungarn Libeny,
eines der größten ungarischen Helden (welcher
dem österreichischen Nero sehr bezeichnend den
Genickfang geben wollte wie einer Bestie), gegen die tausendfachen Würgereien dieser jungen Bestie in Ungarn und Italien? Verdient
nicht eine solche Bestie zollweise gemordet zu
werden mit allen ihren Gehülfen? Cäsar, Ti-
berius, Caligula, Claudius, Galba, Otho,
Vitellius wurden ermordet. Von Commodus
bis zu Konstantin dem Gr. wurden von 36

Kaisern 27 ermordet. Alle diese Ermordungen von Tyrannen kommen nur zum kleinsten Theil auf Rechnung der Freiheitsfreunde oder Revolutionaire; aber gesetzt, sie seien sämmtlich von ihnen ausgegangen — waren sie der Rede werth im Vergleich mit der massenhaften Vernichtung von Menschenleben, die von jenen Tyrannen ausging? Wie viel Menschen hat Sylla ermordet! Aber er ging frei aus, nachdem er den Diktatorstab niedergelegt hatte, und das Henkeramt mußten an ihm die Läuse vollziehen — die Menschen hätten es in ihrer Versunkenheit nicht gethan. Die Triumvirn Antonius, Oktavianus und Lepidus hatten u. A. 300 Senatoren und 2000 Ritter auf der Todtenliste. Wo haben sich jemals Revolutionaire über eine solche Mörderei verständigt? Es ist ja von jeher gerade die Schwäche, der Hauptfehler der Revolutionaire gewesen, daß sie in übel verstandener Humanität energielos das Leben unheilbarer Reaktionaire schonten oder sich von der verstandlosen Freude über den scheinbaren Sieg ihrer Sache gegen die Nothwendigkeit verblenden ließen, ihn durch die völlige Vernichtung ihrer Feinde erst zu erringen oder doch zu sichern. Berufen, das Amt der Themis auszuüben gegen alle Feinde des Volks, ließen sie

nach dem ersten Streich das Schwert der Göt
tinn aus den Händen sinken und eigneten sich
nur ihre Blindheit an. Ein Revolutionair,
in dessen Macht es läge, sämmtliche Träger
des Gewalt= und Mordsystems zu vernichten,
welches die Erde beherrscht und verwüstet,
verdiente tausendfach den Tod des Verrä-
thers, wenn er nur einen Augenblick zauderte.

Von der Hoffnung geleitet, daß sich recht
bald die Gelegenheit darbieten werde, diese
Mahnung zu beherzigen, werfen wir einen
flüchtigen Blick anf die Mordgeschichten der
jetzigen Gewalthaber.

Friedrich Wilhelm IV, dieser Falstaff unter den Neronen — jeder Zoll eine Lüge —,
ließ mit seinem Bruder, diesem Korporal unter den Prinzen — jeder Zoll ein Brutum—,
die Berliner Bürger hundertweise niederschießen, weil ihnen seine Meineide langwei-
lig wurden, und als das Volk dennoch gesiegt
hatte, verwandelten sich die königlichen Mordthaten in ein „Mißverständniß". Eine noch
größere Zahl von Mordthaten, nur noch
schändlichere, ließ derselbe Heuchler in Sach-
sen und Baden verüben, nur waren sie hier
kein Mißverständniß, da das Volk besiegt
wurde. Den Gipfel der Mörderinfamie er-
stieg er aber in Schleswig-Holstein, wo er

Freund und Feind im scheußlichsten Verrä-
therspiel, das je die Welt gesehen, tausend-
weise im Namen der patriotischen Ehre morden ließ, um nach vollbrachtem Verrath offen
die patriotische Schande als Mörderpreis
heimbringen zu lassen. In dem jetzigen Ober-
herrn der Berliner hat die preußische Politik
ihren offensten Ausdruck, ihre sprechendste
Verkörperung gefunden: die Lüge gesichert
durch Heuchelei, die Feigheit gesichert durch
Verrath, das Verbrechen gesichert durch Mord.
Rache!

Franz Joseph, dieß junge Scheusal, ge-
worfen von einer durchlauchtigen Hyäne und
aufgezogen mit Märtyrerblut, dabei schon ent-
nervt durch Lüste, ehe er reif war, ihnen zu fröh-
nen, erinnert an jene verlebten Römer, welche
das Blut von Sklaven tranken, um damit
ihre verwelkten Kräfte aufzufrischen. Wie
viel Mordthaten lasten schon auf dem Haupte
dieses jungen österreichischen Verbrechers und
seiner alten Spießgesellen! Sein grauer
Henker Radetzky allein hat in wenig Jahren
4000 Männer der Freiheit einzeln „standrechtlich“ und „kriegsrechtlich“ ermorden lassen. Ganz Oesterreich mit Ungarn und Italien ist in eine einzige große Schlächterei, in
ein einziges ungeheures Schaffot verwandelt,

auf dem Tag und Nacht Tausende von Henkern und Henkersknechten die Mordarbeit unterhalten im Namen eines Buben, an dessen Weg der Laternenpfal seines Mordknechts Latour noch immer vergebens auf eine höhere Zierde wartet. Rache! Rache!

Der Dritte im Bunde ist das Ungeheuer in Petersburg, der Großvater des Völkermords. Jeder seiner Schritte geht über Leichen und sein Thron ist, wie die Siegestrophäen Tamerlan's, von Gebeinen der Gemordeten erbaut. Jedes seiner Worte ist ein Todesspruch nnd sein eisiger Athem haucht Verrath und Mord, durch den er das ganze Europa zu einem Kirchhof des Despotismus und zu einer Wüste der Barbarei zu machen trachtet. Er hat vor seinen Vorfahren das Glück voraus, daß er länger als fünfundzwnzig Jahre sein Mordhandwerk treibt, ohne selbst gemordet zu werden. Vielleicht ist seine Exkution dem Volke oder dem Ausland vorbehalten, während sie an seinen Vorgängern durch die Wächter ihres Pallastes vollzogen wurde. Leider ist es eine zu schwache Genugthuung, einst den Gott der Kosacken und Kalmücken am Laternenpfal baumeln oder am Schweif des Rosses eines Magyaren oder Polen durch das Blut seiner geschlachteten

Mordknechte schleifen zu sehen. Rache! Rache! Rache!

Die genannten drei Verbrecher sind die Vertreter derjenigen christlichen Mordkompagnie, welche man die heilige Allianz nennt und welche „die Religion der Liebe und des Friedens" in der Politik verwirklichen wollte. Jede ihrer Regungen ist ein Mord und aus allen Gräbern Europa's schreien Millionen Opfer ihrer „Liebe" um Rache. Nur Mord ist ihr Ursprung, Mord ihre Politik und Tod ist ihr „Segen". Blut ist ihr Alpha und Blut ihr Omega, Blut ihr Zweck und Blut ihr Mittel, Blut ihre Lust und Blut ihr Leben, Blut ihr Traum und Blut ihr Trachten, Blut ist ihr Prinzip und Blut muß ihr Ende sein. Blut war die Tinte, womit die heilige Allianz die „Religion der Liebe" in die Politik übersetzt hat; mit gleich blutiger Schrift wird die Revolution ihr Todesurtheil schreiben. Blut und Mord ist die einzige Moral, wo Hängen und Würgen die einzige Politik ist.

Unter dem Schutz jener drei alliirten Groß-Mörder hat auch jeder Duodeztyrann seit dreißig Jahren nach Kräften sich des Mord-handwerks befleißigt, von dem Botaniker in Dresden, der seine Blumenbeete mit Blut

gedüngt, bis zu dem Todtengräber in Neapel, der sein Land zur Hälfte in Gräber für
Gemordete zur Hälfte in Gräber für Lebendige
verwandelt hat.

Das Kreuz in der einen, das Mordmesser
in der anderen Hand hat sich ihnen endlich
der Bandit in Paris, dieser „Parvenü" des
Mordhandwerks zugesellt, der sich den Weg
zum Thron über die Leichen von Weibern
und Kindern bahnte. Von Paris bis Lam-
bessa, von Rom bis Cayenne zieht sich die
Spur seiner Mörderhand. Dieses Gemisch
von einem Banditen, einem Jesuiten und
einem Vagabunden hat selbst seine legitimen
Vorbilder übertroffen an verrätherischer Tücke
und mörderischer Gewissenlosigkeit.

Und was lehrt euch der Triumph, der diesem Mordgesellen bisher treu geblieben ist
und alle Moralbegriffe und alle Gerechtig-
keitslehren auf den Kopf gestellt hat? Daß
eine Revolution, in welcher nur das Blut
der Revolutionaire geflossen,
eine Thorheit, ein Verbrechen war, zu dessen
Bestrafung eben ein Regiment blutiger Frech-
heit und gewissenloser Entschiedenheit nöthig
ist. Die Schonung des Blutes der Reaktionaire wird stets nur geübt auf Kosten der
Revolutionaire. Jede Revolution ist eine

Selbstmörderinn, wenn sie sich scheut zur
Mörderinn der Reaktion zu werden. Frank-
reich büßt für seine Unterlassungssünden mehr
als für seine Begehungssünden; es thue Buße
am Grabe Robespierre's und Barere's, der
den gescheidten Ausspruch that: „Nur die
Todten kommen nicht wieder". Er hätte
hinzusetzen können: „Nur die Todten lügen
nicht und morden nicht mehr". Die französische Revolution ist in diesem wie im vori-
gen Jahrhundert begraben worden durch die
Emigration. Man sorge dafür, daß
es das nächste Mal keine Emigration mehr gebe!

Von dem Pariser Banditen gleitet der
Blick auf seinen Schützling in Rom ab. Sollte
der Papst nicht nach Paris kommen? Es wäre
ein großer Verlust für die Geschichte des Mordes, wenn die blutige Hand des Jesuitismus
sich sträubte, das blutige Haupt des verbün-
deten Banditenthums mit dem heiligen Oel
der Verdammniß zu salben. Aus dem Grabe
zweier Republiken steigt der Leichengeruch als
Opferqualm um die beiden geweihten Häupter und der Fluch von den Lippen der Gemordeten liefert das Accompagnement der
Rache zu dem Te Deum ihrer Herrlichkeit.
Christus starb am Kreuz, aber er hatte doch

Keinen gemordet; die Hand seines letzten
„Nachfolgers" trieft vom Blute der Gemordeten und er lebt noch, lebt auf einem Golga-
tha von Freiheits-Kämpfern. Wird er ge-
kreuzigt, so werden mehr als zwei Verbrecher
an seiner Seite hangen, denen er zurufen
kann: „bald werdet ihr mit mir in der —
Hölle sein". Seine Lippen sprechen den „Segen" über jeden Verrath, jede Verruchtheit,
jeden Mord im Großen — allerdings keine
unangemessene Verwendung dieses „Segens";
seine ganze Mission beschränkt sich noch auf
die Beschäftigung, den letzten Rest von Aber-
glauben, welchen das Pfaffenthum von acht-
zehn Jahrhunderten durch die Welt verbrei-
tet, durch die „Weihung" alles Scheußlichen
auf die Probe zu stellen, das die Schlechtig-
keit ersinnen und die Barbarei vollführen
konnte. Würdiges Ende des Nachfolgers
Christi! Schon beginnt die Flamme der Rache zu knistern, welche das Gerüste der Ty-
rannei zu Asche machen wird, und wenn ihr
Schurken aus den Flammen nach Hülfe schreit,
werden selbst eure letzten Gläubigen euch mit
Worten der Rache antworten und ausrufen:
„vergebt ihnen nicht, denn sie wußten,
was sie thaten!"

Ja, sie wußten, was sie thaten. Sorgen wir dafür, daß auch wir wissen was wir thun!

*

Wir haben sie jetzt vor uns, die Vertreter des Mordes in allen Gestalten. Da stehen sie und erwarten unser Urtheil und unsern Entschluß. Sie sagen es uns mit lobenswerther Entschiedenheit: „wir haben gemordet, wir morden und wir werden morden, so lange wir können. Wir morden, um zu herrschen, wie ihr morden müßt um frei zu werden. Kein Disput mehr über die Frage, ob der Mord als geschichtliches Mittel eine Thatsache sei — wir stellen sie fest; kein Disput mehr über die Frage, ob er eine unvermeidliche Nothwendigkeit sei — wir behaupten sie; kein Disput mehr über die Frage, ob er ein Recht sei — wir üben es aus. Sagt was ihr wollt und thut was ihr könnt. Der Sieger hat Recht."

Ja, so ist es, der Sieger hat Recht. Gibt es eine öffentliche Meinung, welche die Sieger da drüben auf ihren Leichenhügeln erreichte? Gibt es eine Macht, gibt es ein Gericht, das diesen Verbrecherkolossen das Brandmal auf die Stirn brennte? Gibt es einen Schandpfal für sie, der höher reichte als die Füße, womit sie Alles niedertreten? Nennt nicht noch

immer alle Welt Regierung, was nichts
ist als Mordherrschaft, Faustrecht in der
kolossalsten Gestalt? Nicht das Mittelalter
war die Zeit des Faustrechts, in unsern Tagen erst ist es zur Blüthe gekommen, und wer
setzt ihm Schranken? Werden nicht die Mörder, die Banditen, sobald sie einen „Thron"
bestiegen, sogar von den Vertretern der Republiken anerkannt, beglückwünscht und ho-
firt? Wo ist also die Macht, die öffentliche
Meinung, das Gericht, das sich über das ge-
krönte Verbrechen stellte? Der Sieger hat
Recht—das ist die Weisheit, der sich Alle beu-
gen, der Alle huldigen, sogar der „höchste
Richter" im Himmel und der fromme Herr
Pierce in Washington.

Die Reaktion hat nur Werkzeuge, die Revolution allein hat Märtyrer. Aber selbst
diesen Vorzug haben euch die Despoten ge-
raubt: sie haben die Märtyrer so ins Zahl-
lose vermehrt, daß das Märtyrerthum darüber ganz abgekommen ist. Heut zu Tage fällt
ein Märtyrer der Freiheit wie eine welke Blüthe vom Baume — über Nacht ist sie mit
tausend andern verweht und vergessen. Die
Herrschaft des Verbrechens, die Herrschaft der
Gewalt, die Faustherrschaft, das Regiment
des Mordes ist so anerkannt, so ausgemacht,

so „rechtlich" und so allgemein geworden, daß seine Opfer kaum noch eine flüchtige Theilnahme in stiller Verborgenheit finden. Die Geliebte beweint einen Bräutigam, die Mutter einen Sohn, der — zufällig auch ein Märtyrer der Freiheit war. Damit ist das Drama geschlossen, die Freiheit nimmt keine Notiz davon und der Mord herrscht ungestört weiter. Fürwahr, der Sieger hat Recht und — vae victis ist der einzige Trost der Geschlagenen.

Menschheit, du hast das Gewissen verloren oder den Verstand. Du erkennst es an: der Sieger hat Recht, d. i. der Mord hat Recht. Du kannst dein Gewissen wie deinen Verstand nur retten, wenn du den Mord abschaffst, indem du ihn gegen alle Mörder kehrst, wenn du es dahin bringst, daß das Recht den Mord ausübt, während jetzt der Mord das Recht ausübt. Parteigenossen der Freiheit, des Rechts, der Wahrheit, der Humanität, unser Studium sei der Mord, der Mord in jeder Gestalt. In diesem einen Worte liegt mehr Humanität, als in allen unseren Theorien, und wenn weinerliche Psychologen euch irre machen wollen mit eurer „Herzlosigkeit", so erinnert euch daran, daß der humanste Charakter, der herzvollste Mensch der französ. Revolution — Robespiecre hieß.

Ihr guten Leute da drüben, die ihr euch noch mit moralischen Bedenken plagt zur höchsten Zufriedenheit der systematischen Immoralität, habt ihr auf dem Gymnasium nicht mit Allerhöchster Erlaubniß Gedichte deklamirt, worin „Möros mit dem Dolch im Gewande zum Tyrannen schlich", und Tell, der Meuchelmörder, gefeiert wurde als Befreier, weil er einen Tyrannenknecht aus sicherm Hinterhalt niederschoß? Habt ihr nicht von euren loyalen Lehrern den Brutus rühmen hören, der seinen eigenen Vater erstach, und die „Heldenjünglinge" Harmodios und Aristogeiton, welche den Tyrannen Hipparchos ermordeten? Warum sind diese Meuchelmörder selbst in den Augen eurer eignen Tyrannen und ihrer legalen Schulmeister moralische und große Männer? Weil sie der Vergangenheit angehören und nicht der Gegenwart, der Geschichte und nicht dem Leben. Uebersetzt sie aus dem Lateinischen und Griechischen in's Russische und Französische, so werden sie verschrieen als „Scheusale der Immoralität", obgleich ein Harmodios in Petersburg und ein Brutus in Paris besser am Platz wäre, als in Athen und Rom. Ja, die Schweiz, die den Meuchelmörder Tell an jeder Stubenwand feiert, die ganze Schweiz wird zu

einer Meute reaktionairer Hetzhunde, sobald
ein teutscher Tell nur einen Gedankenbolzen
aus seinem Köcher schüttet. Zieht euch selbst
die Moral aus dieser Logik. Die Despoten
so wenig wie die Republikaner verwerfen den
Mord als „unmoralisch", aber sie erklären
ihn nur für moralisch, wenn sie selbst ihn
ausüben oder wenn er mit ihrem Interesse
stimmt.

Genau eben so verhält es sich mit ihrer Beurtheilung und Ausübung des Mordes im
Großen, des organisirten Mordes, Krieg ge-
nannt. Sie machen die Moral des Mordes
wie jede sonstige Moral, um Andre damit zu
bannen, für sich selbst aber sie mit Füßen zu
treten. Und die Geschichte, die „gerechte Rich-
terinn", das „Weltgericht", pflegt mit ihrem
Spruch hinterher zu hinken und richtet ihn
selbst dann noch gar zu häufig ein nach dem
Willen eines „Siegers". Im Allgemeinen
lehrt sie besten Falls, daß in der Vergangenheit der Gerechteste Recht hat, aber in der
Gegenwart der Stärkste; daß in der Vergangenheit die Gerechtigkeit urtheilt, aber in der
Gegenwart die Partei; daß in der Vergangenheit das Motiv eine Geltung hat, aber in
der Gegenwart das Interesse; daß in der Vergangenheit die Idee als Maßstab gilt, aber

in der Gegenwart die Zweckmäßigkeit, daß in der Vergangenheit das Recht hätte den Sieg haben müssen, aber in der Gegenwart „der Sieger Recht hat". Endlich aber lehrt sie, daß das Verbrechen an den Galgen kommt, wenn es zu schwach ist sich zu vertheidigen, aber daß es zum „Recht" wird, sobald es die Macht hat sich durchzusetzen. Ein Bandit mit einigen Spießgesellen macht irgend eine Gegend unsicher. Die Gensd'armerie, die „bewaffnete Macht" wird aufgeboten, um Jagd auf ihn zu machen und dem „Gesetze" Achtung zu verschaffen. Man fängt ihn ein und er wird gehängt, zur Sühne für die Vergangenheit, zur Warnung für die Zukunft. Gesetzt nun aber, es gelingt ihm, die „bewaffnete Macht" zu schlagen, das „Gesetz" umzustoßen, sich des Landes zu bemächtigen und zu dessen Herrn zu machen. Dann wird aus seiner „Räuberbande" eine „Armee", aus dem „Banditenführer" wird ein „General", aus dem „Banditen" wird ein „König" und aus der geplünderten Bevölkerung werden nach und nach loyale Unterthanen, die mit Begeisterung ausrufen: „lang lebe unser allergnädigster König". So sind alle unsre Könige und Kaiser entstanden, und um an ihren Ursprung zu erinnern, sind sie jetzt sämmtlich wieder offen

und ohne Umschweif ächte Banditen geworden. .Sie vertrauen darauf: der Sieger hat
Recht, trotz Mord und Banditenthum.

Aber wenn sogar derjenige Sieger „Recht
hat", der im Unrecht ist, wie viel mehr wird
es derjenige haben, der im Recht ist! Mag er
den Sieg errungen haben, durch welche Mittel es immer sei: der Sieg allein entscheidet.
Ob wir den Sieg erringen durch Pulver oder
durch Gift, durch den Säbel oder durch den
Dolch, durch Knallsilber oder durch Kanonen
— der Unterschied ist nicht eine Bohne werth.
Nur siegen, nur den Feind vernichten — das
ist der einzige Gesichtspunkt. Die Geschichte
wird uns nur danach beurtheilen und unser
Schicksal wird sich nur danach entscheiden,
wozu wir den Sieg benutzen, nicht danach,
wodurch wir ihn erringen über Feinde, die
alle menschliche Rücksichten aus der Welt
verbannt haben.

Die größte aller Thorheiten dieser Welt ist
der Glaube, daß es gegen die Despoten und
ihre Gehülfen irgend ein Verbrechen
gebe. Gerade dieser Glaube ist ein Verbrechen. Es wäre ein Verbrechen, den Tiger, der
in einer Gesellschaft Wehrloser wüthet, zu
schonen, wenn irgend Einer ihn niederschießen
könnte. Die Despoten sind vogelfrei wie die

Tiger. Die Despoten gehören in die Naturgeschichte. Wie die Despoten und ihre Gehülfen sich Alles erlauben, Alles, mag es Verrath, Gift, Mord oder wie sonst heißen, so
ist auch gegen die Despoten und ihre Gehülfen Alles erlaubt, Alles, mag es Verrath,
Gift, Mord oder wie sonst heißen. Ja,
das „Verbrechen", gegen sie gerichtet, ist nicht
bloß Recht, es ist auch Pflicht eines Jeden,
der Gelegenheit hat, es zu begehen, und es
wird sein Ruhm sein, wenn es von Erfolg gewesen. Nur Menschen gegenüber gibt es eine
Moral der Rücksichten, Bestien gegenüber gilt
nur die Moral der Zerstörung. In der Freiheit, in der wahren Demokratie allein
kann es eine wirkliche Moral geben; die Herrschaft der Gewalt ist ein Freibrief für jede
„Immoralität", wodurch sie vernichtet werden
kann. Die Gesetze der Despoten sind nichts
als Diktate des Säbels; ihr „Eigenthum"
ist nichts als Raub; ihre „Strafe" ist nichts
als Mord. An ihren „Gesetzen" kann Nie-
mand zum „Verbrecher" werden; an ihrem
„Eigenthum" kann kein Mann des Volkes
zum „Räuber" werden; an ihren Mörder-
häuptern kann der Revolutionair nur zum
Befreier der Menschheit werden.

In allen Kämpfen zwischen Reaktion und Re-

volution ist, wie sich von selbst versteht, die Re=
aktion der angreifende Theil. Die Revolution
ist nichts als N o t h w e h r. Der Mord aus
Nothwehr ist nicht bloß erlaubt, er ist zugleich
eine Pflicht gegen die Gesellschaft, wenn er sich
richtet gegen einen Mörder von Profession. Der
Fehler der Nothwehr, also auch der Revolution, liegt gewöhnlich darin, daß sie sich mit
dem augenblicklichen Resultat begnügt, ohne
ihren Sieg zugleich für Garantien der Zukunft zu benutzen. Der Wandrer, der den
angreifenden Banditen entwaffnet, läßt ihn
am Leben, um das nächste Mal um so sicherer
von ihm getroffen zu werden und auch den
Mord der Seinigen herbeizuführen. Genau
so die Revolution. Sie ist Thorheit und
Selbstverrath, wenn sie die Nothwehr auf das
Resultat des Augenblicks beschränkt. Sie muß
die Reaktion in ihren Vertretern, ihren Trä-
gern und Gehülfen a u s r o t t e n, denn ihre
Feinde sind unheilbar wie der bloß entwaff-
nete Bandit, wie der geschonte Tiger. Wir
k e n n e n unsre Feinde, wir kennen sie alle
und an jedem Orte persönlich. Es gibt keine
Entschuldigung mehr, wenn sie abermals ge-
schont werden: was jenseit der Linie steht,
durch welche das Lager der herrschenden Gewalthaber von dem Gebiete des Volks getrennt

wird, ist verfallen. Das Volk vollziehe den Spruch!

Der Weg zur Humanität führt über den Gipfelpunkt der Barbarei. So ist einmal das Gesetz der Nothwendigkeit, das uns die Reaktion diktirt. Es umgehen können wir nicht, wenn wir nicht auf die Zukunft verzichten wollen. Wollen wir den Zweck, so müssen wir die Mittel wollen; wollen wir das Leben der Völker, so müssen wir den Tod ihrer Feinde wollen; wollen wir die Humanität, so müssen wir — den Mord wollen.

Es gibt berühmte Revolutionsführer, die Mittel und Einfluß besitzen. Fragt sie, ob sie den Mord billigen? Sie werden sich mit Entsetzen abwenden, sie wollen ihren „moralischen" Kredit nicht verscherzen, sie wollen honnete Revolutionaire bleiben. Sie sind Reaktionaire, honnete Verräther. Sie richten ihre Moral ein nach dem Urtheil Derer, welche nicht auf der Seite der Revolution stehen: die „Achtung" der Philister, alten Weiber und Reaktionaire gilt ihnen mehr, als der Gesichtspunkt, als der Zweck der Revolution. Sie könnten mit ihren Mitteln und ihrem Einfluß den Mord zur Volkssache machen, sie hätten die Haupt-Träger des Mordsystems längst können vernichten und dadurch die Reolution entfesseln lassen; aber sie haben wichtigere Geschäfte: sie müssen ihre Mittel an nutzlose Konspirationen verschwenden, um ihre Freunde an den Galgen zu bringen und die Henker in Funktion zu halten. Die höchste Höhe aber, zu welcher ihre revolutionaire Entschiedenheit sich versteigt, liegt in der Hoffnung, einst ihre Feinde auf dem „Schlachtfelde" mit gleichen Waffen besiegen zu können. Staunenswerthe Ritterlichkeit! Der Vater Radetzky, der Tag und Nacht mit Morden beschäftigt ist, sprach sich neulich nach dem Mailänder Aufstande mit größter sittlicher Entrüstung über den „Meuchelmord" aus. Leihe uns deine Armee von Mördern, Vater Radetzky, oder ihre Waffen und wir werden gar keines „Meuchelmords" mehr bedürfen, wir morden dann offen in der „Schlacht", oder „standrechtlich" und „kriegsrechtlich", wie du es nur wünschen magst. Unsere berühmtesten Revolutionaire stehen ganz auf dem Standpunkte des Vaters Radetzky. Sie lassen sich die Vertheidigung vorschreiben vom Feinde, der alle Mittel des Angriffs besitzt und alle Mittel der Vertheidigung beseitigt hat. Es wäre eine ganz neue Kriegspolitik, wenn im Circus sich der Panther vom Büffel wollte vorschreiben lassen, sich gegen seine Hörner mit Hörnern zu vertheidigen und nicht unmoralisch ihm von hinten auf den Nacken zu springen. Der Büffel Radetzky verlangt, daß ihm die Revolutionaire, entwaffnet bis auf's Hemde, nach geschehener Kriegserklärung offen und armeenweise in optima forma militari mit Kanonen und Munitionswagen, mit Kavallerie und Infanterie entgegen rücken sollen. Wird Herr Kossuth ihm Recht geben?

Als der ungarische Krieg begann, meldeten die Zeitungen, daß die Ungarn mit Kettenkugeln geschossen, diese Schießart aber, die noch wirksamer war als die kongrevischen Raketen der Oesterreicher, sofort aufgegeben hätten, nachdem Windischgrätz ihnen gemeldet, sie sei gegen den „Kriegsgebrauch"! Arme Ungarn! Wenn es möglich ist, mit Gift zu schießen, werdet Ihr hoffentlich das nächste Mal mit Gift schießen.

Als die Oesterreicher in Raab eindrangen, meldeten die reaktionairen Blätter mit der größten sittlichen Entrüstung, man habe dort das Fleisch vergiftet gefunden. Schade nur, daß die österreichischen Bluthunde es nicht verschlungen haben! Aber es gibt berühmte Revolutionaire, die es für eine größere Sünde halten, eine Armee von Bluthunden, als,

Wir haben wieder andere honnete Revolutionaire, die da sagen, es gebe Dinge, die gethan, aber nicht gesagt werden dürften. Feiglinge! Was ihr nicht zu sagen wagt, sollt ihr auch nicht thun lassen. Was Recht ist, soll gesagt werden, offen vor aller Welt, damit es als Recht gethan werde. Wenn die einzelne That noch des Geheimnisses bedarf, die allgemeinen Grundsätze unserer Thaten müssen es verachten. Ich predige offen den Mord der Despoten, weil er Recht ist, weil er Pflicht ist und weil er allgemein werden muß. Ich weiß, daß auf die berühmten Führer nichts zu geben, daß ihnen der honnete Ruf mehr werth ist als eine radikale Revolution, und daß die Köpfe der Reaktionaire in ihrer Hand am sichersten sind. Deshalb suche ich dazu beizutragen, daß der Mord der Despoten eine Volkssache werde, daß das Volk ohne Rücksicht auf die honneten großen Männer bei der ersten Gelegenheit in jedem Ort demokratisch morde, wie es nach der Revolution demokratisch leben muß.

Aber, sagt ihr, warum gehst du den großen Männern nicht mit gutem Beispiel voran, warum suchst du nicht selbst in's Werk zu richten, was die großen Männer unterlassen? Spart eure Frage, ihr, die ihr die Mittel

des Handelns an jeden Romantiker und
Windbeutel verschwendet, den Männern des
Verstandes und der Entschiedenheit aber nicht
einmal das Papier bezahlt, auf dem sie euch
ihre Meinung sagen können über eure Ver-
standlosigkeit, eure Unthätigkeit, eure Energie
losigkeit, eure Kleinlichkeit, eure Erbärmlichkeit.

Doch genug. Die Doktrin des Tyrannen-
mords muß kurz sein wie der Mord selbst.
Es bleibt nur noch Eins übrig. Es galt hier
nicht, auf dem Papier Blut zu vergießen und
die Tyrannen zu vernichten, um dem lang-
verhaltenen Grimm über eine Welt voll un-
erhörter Schande und Schandthaten eine
wohlfeile Erleichterung zu verschaffen. Es
galt zunächst, die falsche Moral zu zerstören,
die „moralischen" Bedenken zu vernichten,
wodurch Tausende, namentlich unserer Lands-
leute, von entschiedenem Handeln zurückge-
schreckt werden, selbst wenn sie die freie Gelegenheit dazu haben. Es galt, mit den Zwecken
der Revolution zugleich die Mittel der Revolution bis zum Meuchelmord ebenso zu Ehren
zu bringen und l e g i t i m zu machen, wie die
Tyrannen ihren Kriegsmord, ihren „gesetz-
lichen" Mord, ihren „standrechtlichen" Mord
gemacht haben. Dann aber gilt es, Finger-
zeige zu geben über die Vermehrung und An-

wendung jener Mittel. Der ganze Halt der
Despoten beruht in ihrem Uebergewicht an
Zerstörungsmitteln. Man denke sich ihre
Soldaten entfernt oder nur ihre Kanonen
vernagelt, so sinken sie zitternd in den Staub
und winseln unter dem Fuß ihrer Unterthanen.
Es kommt also vor allen Dingen darauf
an, das Uebergewicht an massenhaften
Zerstörnngsmitteln, die wir nicht zur Ver-
fügung haben und haben können, aufzuheben
durch gleichsam homöopathische Anwendung
drastischer Zerstörungsstoffe, deren Beschaf-
fung oder Zubereitung nicht zu kostspielig ist
und wenig Gefahr der Entdeckung mit sich
führt. Diese Stoffe müssen sowohl beim
Auswahlsmord gegen einzelne, besonders wichtige Personen, wie beim Massenmord ange-
wandt werden können. Ich bin weder Sol-
dat, noch Chemiker, noch Ingenieur, und
muß daher Männern von Fach überlassen,
die folgenden Andeutnngen zu weiteren Er-
findungen zu benutzen.

1) Die „Augsburger Allgem. Zeitung" vom
..ten meldet: „Gestern Nachmittag trug sich
das schrecklichste, beklagenswertheste Ereigniß der
neuesten Geschichte zu. Als die erlauchten, auf
dem Monarchenkongreß zu Wien versammelten
deutschen Fürsten eine Spazierfahrt auf der Ei-
senbahn machten, hörte man plötzlich an einer

Stelle, wo die Bahn an einem Abhang von 100 Fuß Höhe vorbeiläuft, eine furchtbare Explosion. Gleichzeitig flog die Lokomotive und der ganze Zug den Abhang hinunter. Sämmtliche Monarchen brachen das Genick und nur zwei Maitressen kamen mit dem Leben davon, so daß Deutschland augenblicklich ohne Monarchen ist. Die Untersuchung ergab, daß ein revolutionaires Scheusal eine Kapsel von der Größe eines Fingerhuts, mit Knallsilber gefüllt, auf die Schienen gelegt hatte, welche bei der ersten Berührung des Rades der Lokomotive den ganzen Zug in die Luft sprengte. Dem Kaiser von Rußland soll in der Gegend von Warschau ein ähnlicher Unfall begegnet sein."

2) Die „Wiener Zeitung" vom . . ten meldet: „Die Guerillas im Bakonyer Wald wenden jetzt folgende furchtbare Waffe an, welche darauf berechnet ist, einzelne Kämpfer organisirten Massen furchtbar zu machen. Sie haben Gewehre von der doppelten Dicke der jetzigen. In diese Gewehre wird zuerst ein starker Schuß Pulver geladen und auf denselben eine, genau in den Lauf passende, etwa drei Zoll lange, oben spitz zulaufende eiserne Kapsel. Innerhalb dieser Kapsel befindet sich eine zweite kleinere, mit Pulver gefüllte, welche oben an der Spitze mit einem leicht explodirenden Zündhütchen geschlossen ist, und der Zwischenraum zwischen der innern und äußern Kapsel ist mit vergifteten eisernen Schrooten angefüllt. Sobald nun diese Ladung gegen irgend einen Gegenstand geschossen wird, explodirt die Kapsel und spritzt einen Regen von giftigen Schrooten um sich her, von denen jedes einzelne einem Menschen den Tod

bringen kann. Auf diese Weise kann ein einzelner Mensch, omnia secum portans, hundert Gegnern gefährlich werden. Neulich wurde ein solcher Schuß aus dem Wald auf ein Bataillon Kaiserjäger abgefeuert und verwundete sechszig Mann, von denen am andern Tage schon fünfzig gestorben waren.''

3) Die jetzt in Potsdam erscheinende „Preußische Staatszeitung'' vom .. ten meldet Folgendes: „Die Wiedereroberung der Hauptstadt Berlin, welche sich ganz im Besitz der Revolutionaire befindet, ist dem General Wrangel leider mißlungen. Sie wurde vereitelt durch ein verzweifeltes Vertheidigungsmittel, wodurch die Rebellen die stürmenden Truppen vollständig demoralisirt haben. Zuerst schossen sie eiserne, mit geschmolzenem Blei gefüllte Röhren ab, welche einen tödtlichen Regen über die Bataillone umhersprengten. Trotzdem drangen die tapfern Soldaten, von Sr. königl. Hoheit dem Prinzen von Preußen durch die Aussicht auf Plünderung der Stadt angefeuert, in einige Zugänge vor. Hier aber wurden sie kompagnieweise durch Explosionsgeschosse hingerafft, welche plötzlich aus dem Straßenpflaster hervorbrachen und eine so furchtbare Wirkung ausübten, daß auch die tapfersten Soldaten nicht mehr zum Vordringen zu bewegen waren, indem sie bei jedem weiteren Schritt eine Explosion befürchten mußten. Dem Vernehmen nach bestehen diese Explosionsgeschosse in bombenartigen, mit Pulver gefüllten und mit einem Perkussionshahn versehenen Kugeln, welche an, dem Feind unkennbaren Stellen der Art unter dem Pflaster angebracht sind, daß der Hahn losgeht, sobald ein

Fuß auf den darüber gefügten Stein tritt. Sol=
cher Bomben sollen die Revolutionaire in jeder
Zugangsstraße eine solche Menge gelegt haben,
daß die Erstürmung der Stadt 100,000 Solda=
ten das Leben kosten würde. Es scheint, daß die
Männer des Umsturzes es nicht mehr für nöthig
halten, ihr Leben an ein bloßes Märtyrerthum
zu setzen, wenn sie durch bloße Maschinen des Er=
folges sicher sind. Ein bedenkliches Zeichen der
Zeit! Sobald man unsre bisherige Kriegsweise
durchbricht und desorganisirt, ist die Armee ver=
loren."

4) Die Mailänder Zeitung vom . . ten mel=
det: „Die Partei der Verzweiflung greift jetzt
zu wahrhaft diabolischen Mitteln. Jeder, der für
die Ordnung und Moralität der Gesellschaft ir=
gend eine Bedeutung hat, muß Tag und Nacht
für sein Leben zittern. G i f t ist das allgemeine
Losungswort der Revolutionaire geworden. Von
Vergiftungen der Lebensmittel, des Wassers,
des Tabacks u. s. w. für die Soldaten haben wir
schon früher gemeldet. Die höllische Erfindungs=
kunst ist aber weiter gegangen. Jedes Messer,
jeder Dolch, jede Nadel, die gegen die Männer
der Ordnung gezückt wird, ist jetzt vergiftet.
Man bedient sich dazu des Strychnins, der
Blausäure u. s. w., ja selbst des Blutes von
Verstorbenen. Wahrhaft beispiellos ist aber das
Raffinement, als Gift sogar den Eiter von Per=
sonen zu benutzen, die an „schlechten" Krank=
heiten gestorben sind, und die auf diese schau=
derhafte Art vergifteten Waffen gerade gegen
die heiligsten Häupter zu richten, als wolle man
sie moralisch und körperlich zugleich morden.

So wurden jetzt der Jesuitengeneral und zwei
Kardinäle verwundet, die an der schlechtesten
Krankheit der Welt in drei Tagen werden ver=
schieden sein.

Zur Vergiftung von Kugeln bedienen sich die
Revolutionaire, die sich jetzt allerwärts eifrig
mit Physik und Chemie beschäftigen, nur sol=
cher Gifte, welche sich durch die Wärme nicht
zu schnell verflüchtigen. Auch gebrauchen sie
Glaskugeln, mit Quecksilber, ja sogar mit Blau=
säure gefüllt, die natürlich unfehlbar tödten, wenn
ihr Inhalt mit dem Blut in Berührung kommt.
Wenn sie hohle Metallkugeln mit weniger feuer=
beständigen Giften füllen wollen, vermischen sie
die letztern zuvor mit Talg und Wachs, um die
Verflüchtigung möglichst zu verhüten.

Aus Fenstern, Mauerlöchern, Kellern u. s. w.
schießen sie gewöhnlich ihre vergifteten Geschosse
aus Windbüchsen ab, so daß kein Knall gehört
wird. Seitdem aber auch von diesen Waffen meh=
rere entdeckt worden sind, bedienen sich die Schänd=
lichen einfacher Blas= und Pfeifenröhre, 1 — 2
Fuß lang und aus Blech oder Holz gemacht,
ja sogar der Maccaroni-Röhren, aus denen sie
aller Orten, sogar in den Kirchen, Erbsen und
kleine Pfeile mit vergifteten, widerhakigen Spitzen
auf ihre Opfer richten. Sie brauchen bloß die
Haut zu ritzen, so ist die Wirkung tödtlich, und eine
Entdeckung des Thäters ist selten möglich.

Unsre ganze Kriegskunst und alle unsre Kano=
nen vermögen nichts mehr gegen diesen homöo=
patischen Krieg einer höllischen Partei. Schreck=
liche Aufgabe, heut zu Tage ein Mann der Ord=
nung zu sein! Selbst loyale Männer äußern be-

denklich die Meinung, die Ordnung sei zu weit getrieben worden. Aber wie ist es möglich, in der Ordnung Maß zu halten? Wir müssen jetzt Alles morden oder wir werden Alle gemordet, Gnädige Vorsehung, verlaß uns nicht!"

5) Der „Moniteur" vom ... meldet: „Se. Maj. der Kaiser Louis Napoleon und der Palast der Tuilerien existirt nicht mehr. Der Palast stürzte vergangene Nacht plötzlich durch eine schreckliche Explosion ein und begrub unter seinen Trümmern den Kaiser und den ganzen Hof, der gerade um ihn versammelt war. Ein furchtbarer Staatsstreich! Die Explosion wurde herbeigeführt durch eine von einem Revolutionair verfertigte und von einem Soldaten in ein unteres Geschoß gelegte kupferne Kugel von der Größe eines Menschenkopfs. Der Haupttheil der Kugel war gefüllt mit Kohlensäure*, welche bekanntlich eine bei weitem größere Explosionskraft hat als Pulver und welche, explodirt durch bloße Erhöhung der Temperatur. Um diese Erwärmung der Luft in der Kugel hervorzubringen, war in derselben ein Uhrwerk angebracht, dessen Zeiger eine halbe Stunde nach der Hereinschaffung der Zerstörungsmaschine eine kleine Quantität Phosphor u. Pulver durch eine schnellende Reibung entzündete. Um aber jede Erwärmung von Außen her und damit eine unzeitige Explosion zu verhüten, war die Kugel mit Eis umgeben, und damit nicht beim Hineinrollen in den Keller etwa eine Kontusion eine Entzündung her-

---

* Die Wirkung wird bedeutend verstärkt, wenn die Kohlensäure zuvor durch Kompression flüssig gemacht ist.

denklich die Meinung, **die** Ordnung sei zu weit getrieben worden. Aber wie ist es möglich, in der Ordnung Maß zu halten? Wir müssen jetzt Alles morden oder wir werden Alle gemordet, Gnädige Vorsehung, verlaß uns nicht!"

5) Der „Moniteur" vom . . . meldet: „Se. Maj. der Kaiser Louis Napoleon und der Palast der Tuilerien existirt nicht mehr. Der Palast stürzte vergangene Nacht plötzlich durch eine schreckliche Explosionein und begrub unter seinen Trümmern den Kaiser und den ganzen Hof, der gerade um ihn versammelt war. Ein furchtbarer Staatsstreich! Die Explosion wurde herbeigeführt durch eine von einem Revolutionair verfertigte und von einem Soldaten in ein unteres Geschoß gelegte kupferne Kugel von der Größe eines Menschenkopfs. Der Haupttheil der Kugel war gefüllt mit Kohlensäure*, welche bekanntlich eine bei weitem größere Explosionskraft hat als Pulver und welche explodirt durch bloße Erhöhung der Temperatur. Um diese Erwärmung der Luft in der Kugel hervorzubringen, war in derselben ein Uhrwerk angebracht, dessen Zeiger eine halbe Stunde nach der Hereinschaffung der Zerstörungsmaschine eine kleine Quantität Phosphor u. Pulver durch eine schnellende Reibung entzündete. Um aber jede Erwärmung von A u ß e n her und damit eine unzeitige Explosion zu verhüten, war die Kugel mit Eis umgeben, und damit nicht beim Hineirollen in den